이태준 꽃나무는 심어놓고 외 종이
섬

꽃나무는 심어놓고 외

1판 1쇄 인쇄   2017년 8월 24일
1판 1쇄 발행   2017년 9월 7일

지은이   이태준
사진   박현주

펴낸이   박철준
펴낸곳   종이섬

등록   제410-2016-000111호(2016년 6월 17일)
전화   02-325-6743
팩스   02-324-6743
전자우편   paper-is-land@naver.com
초출본 원고 정리   김나현
편집   김다미, 김나연
디자인   스튜디오 오와이이

종이섬은 갈대상자, 찰리북의 임프린트입니다.
ISBN 978-89-94368-69-6 03810

이 도서의 국립중앙도서관 출판시도서목록(CIP)은
서지정보유통지원시스템 홈페이지(http://seoji.nl.go.kr)와
국가자료공동목록시스템(http://www.nl.go.kr/kolisnet)에서
이용하실 수 있습니다.(CIP제어번호 : CIP2017020591)

※   이 책에 수록된 이태준의 글은 저작권자와 연락을 취할 수 없어 가까운
인척에게 저작물 사용에 대한 이해를 구하고 사용하였습니다.

일러두기

1. 모든 작품은 처음 발표된 잡지 수록본을 근거로 한다.

2. 발표 당시 원전의 표기법을 살리나, 몇 군데 빠진 마침표와 쉼표를 살렸고, 띄어쓰기는 현행 맞춤법대로 고쳤다.

3. 필요한 경우 각주를 통해 어휘의 의미를 밝혔다.

꽃나무는 심어놓고

1

「작고^{자꾸.} 돌아봔 뭘 하오 어서 바람을 젓슬 때 힝—하니 거러야지……」

하면서 안해를 돌아보는 그도 말소리는 천연스러우나 눈에는 눈물이 다시 핑그르 돌앗다. 이 고개마루만 넘어서면 저 동리는 다시 보라야 안 보히려니 생각할 때 발도 천근이나 무거워지는 것 같엇다.

이 고개, 집에서 오 리밖에 안 되는 고개, 나무를 해 지고 이 고개턱을 넘어설 때마다 제일 먼저 눈에 띄이군 하든 저 우리 집, 집에서 연기가 떠오르는 것을 볼 때마다 허리띠를 졸으고 다시 나뭇짐을 지고 일어서군 하든 이 고개, 이 고개에선 넘어가는 해볓에 우리 집 울타리에 빠라 넌 안해의 치마까지 빤—히 보히군 했다. 이전^{이젠.} 이 고개에서 저 집, 저 노랗게 가주깐^{갓 깐.} 병아리처럼 새로 영^{초가지붕에 올리는 엮은 짚.}을 닌 저 집을 바라보는 것도 마즈막이로구나—。

그는 고개마루턱에 올라서드니 짐빵^{질빵. 짐을 걸어서 메는 데 쓰는 줄.}을 치

7

키며 다시 한 번 돌아서서 동네를 바라보앗다.

아무델 가도 저런 동네는 없을 것이다. 읍엘 갓다 와도 선왕당 턱만 나려서면 바람 한 점 없이 안윽하고 빨래하기 좋고 먹어도 좋은 앞 개울물이며 날이 추우면 뒷산에 올라 솔립만 긁어도 메칠식은 염녀 없이 때드니…… 이전 모다 남의 동네 이야기로구나—.

며칠씩.

「어서 갑시다.」

하면서 이번에는 뒤에 떠러젓든 안해가 눈물 코ㅅ물을 풀어 던지며 앞을 섯다.

그들은 고개를 넘어서선 보잘것없이 다라낫다. 사내는 이불보 옷꾸레미 솟부둥갱이 바가지쪽 해서 한짐 꾸역꾸역 걸머지고 예펜네는 어린애를 머리도 안 보히게 이불에 꿍처서 업은 데다 무슨 기름병 같은 것을 들고 앞서거니 뒤서거니 하여 도랑이면 건너뛰고 굽은 길이면 논틀 밭틀로 질러가면서 귀에서 바람이 씽씽나게 다라낫다.

솥 부지깽이.

장날이 아니라 길에는 만나는 사람도 별로

없엇다. 이따금 발밑에서 모초리_{메추라기.}가 포드득하고 날고 밭고랑에서 꿩이 놀라서 꺽―꺽―거리며 산으로 다라나는 것밖에 아모것도 없엇다.

「길이나 잘못 들면 어째……」

「밤낮 나무 다니든 데를 몰을가……」

조고만 갈래ㅅ길을 지날 때 이런 말을 주고받은 것뿐 다시는 입이 붙은 듯 묵묵히 거러 그들은 점심때가 훨신 지나서야 서울 가는 큰길에 드러섯다.

큰길에는 바람이 제법 세차게 불엇다. 전보ㅅ줄이 앵―앵― 울엇다. 동지가 내일인가 모렌가 하는 때라 어름같이 날카로운 바람결에

9

그들의 옷깃은 다시금 떨리엇다.

　바람이 차서도 떨리엇거니와 그보다도 길고 어마어마하게 넓은 길, 그리고 눈이 모자라게 아득하니 깔려 잇는 긴 길, 그 길은 그들에게 눈에도 설거니와 발에도 마음에도 설은 길이엇다. 논틀과 밭둑으로 올 때에는 그래도 그런 줄은 몰랏는데 척 신작노에 올라서니 그젠 정말 낯선 데로 가는 것 같고 허턱¹ 살길을 찾어 떠나는 불안스러운 걱정이 왓작 치밀엇든 것이다. 그래서 앵—앵— 하는 전보ㅅ줄 소리도 멥새나 꿩의 소리보다는 엄청나게 무서웟다. 서로 말은 하지 안엇어도 사내나 게집이나 다 같이 그랫다.

¹이렇다 할 이유 없이.

　그들은 그 길을 그저 십 리, 이십 리 거러나가는 수밖에 없엇다. 자동차가 지날 때는 무론 자전차만 때르릉 하고 와도 허둥거리고 한데 몰여 길 아래로 나려서면서 서울을 향하고 타박타박 거를 뿐이엇다.

10

2

그들은 세 식구엿다. 저이 내외 방 서방과 김씨와 김씨의 등에 업혀 가는 두 돌 되는 딸애 정순이엇다. 메칠 전까지는 방 서방의 아버지 한 분까지 네 식구로서 그가 낳서 서른두 해 동안 살아온 이번에 떠나는 그 동리에서 그리운 게 없이 살엇엇다. 남의 땅이나마 몇 대채 눌러 부처오든 김 진사네 땅은 내 땅이나 다름없이 알고 마음놓고 부처먹엇다. 김 진사 당대에는 온 동리가 터ㅅ세 한 푼도 물지 않고 지냇으며 김 진사가 돌아간 후에도 다른 지방에 대이면 그리 심한 지주는 아니엇다. 김 진사의 아들 김의관도 돌아간 아버지의 덕성을 본받아 작인네가 혼상 간에 큰일을 치르는 해면 으레 타작에서 두 섬 석 섬식은 깎아주엇다. 이러케 착한 김의관이 무엇에 써버리노라고 그 좋은 땅들을 잡혀버렷는지 작인들의 무딘 눈치로는 내용을 알 수가 없엇다. 더러 읍엣 사람들이 직거리는 소리에 무슨 일본 사람과 금광을 햇느니 회

11

사를 햇느니 하는 것을 드른 사람은 잇고 또 아닌 게 아니라 한동안 일본 사람과 양복쟁이 몇이 김의관네 집을 드나드러 김의관네 큰 개 두 마리가 늘 컹컹거리고 짖든 것은 지금도 어젓게 같은 일이엇다.

아모턴 김의관네가 안성인가 어디로 떠나가고 지주가 일본 사람의 회사로 갈린 다음부터는 제 땅마지기나 따로 갖인 사람 전에는 백여 나가기가 어려윗다. 터人세가 몇 갑절이나 올라가고 논에는 금비를 써라 하고 그것을 대여

돈으로 사서 쓰는 비료.

주고는 가을에 비싼 이자를 처서 벼는 헐값으로 따저 가고 무슨 세납 무슨 요금 하고 이름도 모르던 것을 다 물리여 나중에 따지고 보면 농사진 품값은커녕 도리어 빗을 지게 되엇다. 그들이 지는 빗은 달리 도리가 없엇다. 소가 잇으면 소를 팔고 집이 잇으면 집을 팔아 갚는 것밖에. 그래서 한 집 떠나고 두 집 떠나고 하는 것이 삼 년 안에 오륙 가호가 떠난 것이엇다.

군청에서는 이것을 매우 걱정하엿다. 전에

는 모범촌으로 치든 동리가 페동이 될 증조를
보히는 것은 군으로서 마땅히 대책을 세워야
될 일이엇다。 그래서 지난봄에는 군으로부터
이 동리에 사구라나무¹ 이백여 주가 나왓다。

사쿠라(桜): 일본어로 '벚나무'.

집집마다 두 나무식 노나 주고 길에도 심고 언
덕에도 심어주엇다。 그래서 그 사구라나무들
이 꽃이 구름처럼 피면 무지한 이 동리 사람들

13

이라도 자기 동리를 사랑하는 마음이 깊어저서 함부로 타관으로 떠나가지 안으리라 생각햇든 것이다.

사구라나무들은 몇 나무 죽지 않고 모다[모두] 잘 살아낫다. 방 서방네가 심은 것도 앞마당엣 것 뒷동산엣 것 모다 싱싱하게 잘 자랏다. 군에서 나와 보고 내년이면 모다 꽃이 피리라 햇다.

그러나 떠날 사람은 작고 떠나고야 말엇다.

방 서방네도 허턱 타관으로 떠나기는 처음부터 싫엇다. 동리를 사랑하는 마음, 자연을 사랑하는 것이나 이웃을 사랑하는 것이나 모다 사구라를 심어주는 그네들보다는 몇 배 더 간절한 뼈속에서 우러나는 것이었다. 사구라나무를 심엇을 때도 혹시 죽는 나무나 잇을가 하여 조석으로 드려다보면서 애를 쓴 사람들이요 그것들이 가지에 윤이 나고 싹이 트는 것을 볼 때는 자연 속에 묻혀 사는 그들로서도 그때처럼 자연의 신비, 봄의 히열을 느껴본 적은 일즉 없엇든 것이다.

14

「내년이면 꽃이 핀다지?」

「글세…… 꽃이 어떤지 몰라!」

「아무턴 이눔의 꽃이 볼만은 하다는데」

「글세 그럿태……」

그러나 떠날 사람은 작고 떠나고야 말엇다. 올겨울에 드러서도 방 서방네가 두 집채다.

3

그들은 사흘 만에야 부르튼 다리를 절룩거리며 히끗히끗 나부끼는 눈ㅅ발 속으로 저녁 연기에 쌔인ᴵ 서울을 바라보앗다. 그들은 날이 아조 어두어서야 서울문 안에 드러섯다.

서울에는 그들을 반가히 맞어주는 사람이 없지도 안엇다.

15

「어디서 오십니까? 어디로 가시는 길입니까? 우리 여관으로 가십시다」

그러나「돈이 없어요」하면 그 친절하든 사람들은 벌에 쏘인 것처럼 다라나군 했다.

돈이 아조 없지는 안엇다. 집을 팔아 빗을 갚고 남은 것이 오륙 원 되엇다. 그러나 그 돈이 편안히 여관에 드러 밥을 사 먹을 돈은 아니엇다.

고닯은 다리를 끄을고 교통순사들에게 핀퉁이^{편잔.}를 맞으며 정처 없이 거리에서 거리로 헤매이든 그들은 밤이 훨신 늦어서야 한 곳에 짐을 벗어놓앗다. 아모리 찾어다니어도 그들을 위해서 눈ㅅ발을 가려주는 데는 무슨 다리인지 이름은 몰라도 이 다리 밑밖에는 없엇다.

「그년을 젓을 좀 물리구려」

「그까짓 빈 젓을 물려선 뭘 하오」

아이가 하 우니까 지나든 사람들이 다리 아래를 기웃거려 보기 때문이엇다.

그들은 어두움 속에서 짐을 끄르고 굳은 범

16

벅과 삶은 닭알을 물도 없이 먹엇다. 그리고 그
저리고 쑤시는 다리오금을 한 번 펴볼 데도 없
이 앉어서, 정 못 견디겟으면 일어서서 어정거
리며 긴 밤을 밝히엇다.

　이튼날은 그래도 거기를 하ㅡㄴ데보다는 낫
답시고 거적을 사다 두르고 남비를 걸고 쌀을
사드리고 물을 기러 드리고 나무도 사드렷다.
그리고 세 식구가 위선을 하로를 푹 쉬엇다.
　　　　　　우선.　　하루.

　눈ㅅ발은 이날도 멋지 안엇다. 밤이 되여서
는 함박송이로 쏘다지기 시작햇다. 방 서방은
쏘다지는 눈을 바라보고 이 눈이 끄치고는 무
서운 추위가 오려니 생각햇다. 그리고 또 싸리
비를 한 자루 갖여왔드면 하고도 생각햇다.

　그는 새벽같이 일어낫다. 발등이 묻히는 눈
우로 한참 찾어다녀서 다람쥐 꽁지만 한 싸리
비 하나를 그것도 십 전이나 주고 사기는 햇다.
그리고 큰 미천이나 잡은 듯이 집집마다 다니
　　　　　　밑천.
며 아직 열지도 안은 대문을 두드렷다.

　「댁에 눈 처드릴가요?」

「우리 칠 사람 있소」

「댁에 눈 안 치시렵니까?」

「어려니 칠가 바 걱정이오」

방 서방은 어이가 없어 「허! 마당도 없는 녀석이 꽤—니 비만 삿군!」 하고 다리 밑으로 돌아오고 말엇다.

그는 직업소개소도 가보앗다. 행낭¦도 구해
큰 주머니.
보앗다. 지게를 지고 삯짐도 저보려고 싸다녀
보앗으나 지게를 부르는 사람은 없엇다. 한 학생이 고리짝을 지고 정거장까지 가자고 한 일이 잇기는 햇지만 막상 닥들이고 보니 나중에 저 혼자 다리 밑으로 찾어올 수가 잇을가가 걱정되었다. 그래서 「거기 갓다가 제가 여기까지 혼자 찾어올가요」 하고 어름거렷드니 그 학생

18

은 무어라고 일본말로 핀잔을 주며 가버린 것이엇다.

하로는 다리 밑으로 순사가 찾어왔다. 거기로 호구조사를 온 것은 아니엇다.

「다리 밑에서 불을 때면 어떠케 할 테야 날마다 이 밑에서 연기가 낫서…… 다시 불을 때다가는 이 밑에서 자지도 못하게 할 터이니 그

리 알어……」

정말 그날 저녁부터는 연기가 나지 안엇다. 끓일 것만 잇으면 다리 밖에 나가서라도 못 끓일 배 아니엿지만 그날은 아츰부터 양식이 떠러진 것이다.

「어턱하오!」

안해는 맥이 풀려 울 기운도 없엇다. 어린 것만이 빈 젓을 물고 두어 번 빨아보다가 울군 울군[^1] 하엿다. 방 서방은 아무런 대답도 없이 앉엇다가 이따금 「정칠 놈의 세상!」 하고 입맛을 다실 뿐이엇다.

[^1]: 울곤 울곤.

이튿날 이른 아츰, 어린것은 아범의 품에서 잘 때다. 초저녁엔 어멈이 품속에 넣고 자다가 오즘을 싸면 그다음엔 아범이 새 품을 헤치고 안고 자는 것이엇다. 밤새도록 궁리에 묻혀 잠을 이루지 못하든 아범이 새벽녘에야 잠이 드러 어린것과 함께 쿨쿨 잘 때엇다.

김씨는 남편이 한없이 불상해 보엿다. 술 한 잔 허투루 먹는 법 없고 담배도 일하는 날이나 일군들을 주려고만 살 줄 알든 남편이 어쩌다 저 지경이 되엿나 생각할 때 세상이 원망스러울 뿐이엇다. 그리고 굶고 앉엇드라도 그 집만 팔지 말고 그냥 두엇던들 하고 고향에만 돌아가고 싶은 생각뿐이엇다.

김씨는 생각다 못해 박아지¹를 집어 들은 것이다. 고향을 떠날 때 이웃집에서「서울 가면 이런 것도 없다는데」하고 짐에 달아주든, 잘 굽고 커다란 새 박아지엿다.

그는 서울 와서 다리 밑을 처음 나선 것이다. 그리고 박아지를 들고 나서기는 생전 처음이엇다. 다리가 후들후들하엿다. 꼭 일주야를 굶엇고 어린것에게 시달린 그의 눈엔 다 밝은 하늘에서 번쩍번쩍하는 별이 보혓다. 그러나 눈을 가다듬으면서 그는 부자집을 찾엇다. 보매 모다 부자집 같앳으나 모다 대문이 굳게 닫혀 잇엇다. 대문을 연 집. 그는 이것을 찾고 헤매기에 그만 뒤를 돌아다보지 못하고 이 골목 저 골목으로 앞으로만 나간 것이엇다. 다행이

문을 연 집이 잇엇고 그런 집 중에도 다 주는 것이 아니엿지만 열 집에 한 집으로 식은 밥, 더운 밥 해서 한 박아지를 얻엇을 때는 돌아올 길을 잃어버리고 만 것이다. 이 길로 나가보아도 딴 거리, 저 길로 나가보아도 딴 세상, 어디로 가야 그 개천 그 다리가 나올런지 알 재주가 없엇다. 기가 막히엇다. 물어볼 행인은 많엇으나 개천 이름이나 다리 이름을 몰르고는 헛일이엇다. 해가 높아 갈사록¹ 길에는 사람이 들

갈수록.

끓엇고 그럴사록 김씨는 마음과 다리가 더욱 갈팡질팡하고 잇을 때, 한 노파가 친절한 손길로 김씨의 등을 뚜드렷다.

「어딜 찾소?」

김씨는 울음부터 왈칵 나왔다.

「염려할 것 없소 내 서울 장안엔 몰으는 데가 없소 내 찾어주지……」

그 친절한 노파는 김씨를 다리고[^1] 곳 그 앞에 있는 제집으로 드러가 뜨끈한 숭늉에 조반까지 먹으라 했다.

[^1]: 데리고.

「염려 말고 좀 자시우 그새 내 부엌을 좀 치고 같이 나갑시다」

김씨는 서울도 사람 사는 데라 인정이 잇고나 하고 그 노파만 하늘같이 믿고 감격한 눈물을 밥상에 떨구며 사양하지 않고 밥술을 들엇다. 그러나 굶은 남편과 어린것을 두고 제 목에만 밥이 넘어가지 안엇다. 숭늉만 두어 목음 마시고 이내 술[^2]을 놓고 노파를 딿아나섯다.

[^2]: 숟가락.

그러나 친절한 노파는 김씨를 당치 안은 곧으로만 끌고 다녓다. 진고개로 백화점으로 개천이라도 당치 안은 개천으로만 한나잘을 끌고 다니고는「오늘은 다리가 아프니 내일 찾자」

하엿다. 김씨는 가슴이 찢어지는 것 같엇으나 그 친절한 노파의 힘을 버리고 혼자 나설 자신은 없엇다. 밤을 꼽박 앉어 새우고 은근히 재축을 하여 이튿날 아츰에도 또 일즈가니 나섯으나 노파는 그저 당치 안은 데로만 끌고다녓다.

노파는 애초부터 계획이 잇엇든 것이다. 김씨의 멀끔한 얼골과 살의 젊음을 그는 삶이 살진 암닭을 본 셈으로 보앗든 것이다.

「어떠케 돈냥이나 만드러 써보자」

이것이 그 노파가 김씨를 발견하자 세운 뜻이엇다.

4

김씨는 다시 다리 밑으로 돌아올 리가 없엇다. 방 서방은 눈에서 불이 낫다.

「쥑일 년이다! 이 어린것을 생각해선들 다라나다니! 고약한 년! 찢어 쥑일 년!」하고 이를 갈앗다.

방 서방은 이틀이나 굶은 아이를 보다 못해

24

안고 나서서 매운 것, 짠 것 할 것 없이 얻는 대로 주어 먹이엿다. 날은 갑작이 추워젓다. 어린애는 감기가 들고 설사까지 낫다.

밤새도록 어두움 속에서 오줌똥을 받은 이불과 아범의 저고리ㅅ섬, 바지ㅅ자락은 얼어서 왈가닥거리고 그 속에서도 어린애 몸은 드려다보는 눈이 뜨겁게 펄펄 달엇다.

「어찌하나! 하느님 이러케 무심합니까?」

하고 중얼거려도 보앗으나 새벽 찬바람만 윙—하고 뺨을 갈길 뿐이엇다.

날이 밝기를 기다려 아이를 꾸려 안고 병원을 물어서 찾어갓다.

「이 애 좀 살려주십시오」

「선생님이 아직 안 나오섯소 그런데 왜 이러케 죽게 되도록 두엇소 진작 대리고 오지」

「돈이 있어야지요 돈이……」

「지금은 잇소?」

「없습니다. 그저 살려만 주시면 그거야 제 버러서 갚지오 그걸 안 갚겟습니까」

25

「다른 큰 병원에 가보시우……」

방 서방은 이러케 병원집 문깐으로만 한나절을 돌아다니다가 그냥 다리 밑으로 돌아오고 말엇다. 방 서방은 또 배가 고팟다. 그러나 알른 것을 혼자 두고 다섯 걸음이 나가지지 안엇다. 그래도 저녁때가 되여서는 그냥 밤을 새일 수는 없어 보지 안으리라는 듯이 눈을 감고 일어서 나왓든 것이다.

방 서방이 얼마 만에 찬밥 몇 술을 얻어먹고 불야불야 돌오왓을 때는 날이 아조 어두엇다. 다리 밑은 캄캄한데 한참 디려다보니 아이는 자리에서 나와 언 맨땅에 목을 느려트리고 흐득흐득 느끼엿다. 끄러안고 다리 밖으로 나가보니 경련이 일어나 눈을 뒤집어 뜨고 잇는 것이엇다.

「죽을 테면 진작 죽어라! 고약한 년! (김씨를 가리킴) 네년이 이것을 버리고 가 얼마나 잘되겟니……」

방 서방은 몇 번이나 「어서 죽어라!」 하고

아이를 밀어 던지엇다가도 얼른 다시 끄러당겨 드려다보군 햇다. 그럴 때마다 아이의 숨소리는 작고 가빠만 갓다.

그러나 야속한 것은 잠, 어느 때쯤 되엿을가 깜박 잠이 들엇다가 놀라 깨엿을 제는 그동안이 잠시 같엇으나 주위에는 큰 변화가 생겻다. 날이 환―하게 새이고 아이에게서는 그 가쁘게 일어나든 숨소리가 뚝 끄처 잇엇다. 겨우 겨드랑 밑에만 미온이 남엇을 뿐, 그 불덩어리 같든 얼골과 손발은 어느 틈에 언 생선처럼 싸―늘하엿다.

5

봄이 왓다. 그러케 방 서방을 춥게 굴든 겨

27

울은 다 지나가고 그 대신 방 서방을 슬프게는
더 구는 봄이 왔다. 진달레와 개나리 꽃가지들
은 전차마다 자동차마다 젊은 새악시들처럼 오
락가락하고 남산과 창경원에 사구라꽃이 구름
처럼 핀 때엿다. 무딘 힘줄로만 얼기설기한 방
서방의 가슴에도 그 고향, 그 딸, 그 안해를 생
각하기에는 너머나 슬픈 시인이 되게 하는 때

엇다.

하로 아츰, 그날따라 재수는 잇어 식전바람에 일본 사람의 짐을 지고 남산정 막바지까지 가서 어렵지 않게 오십 전 한 잎이 들어왓다. 불이낳게¹ 술집을 찾아 나려오노라니 일본집

^{부리나케.}

뜰 안마다 가지가 휘여지게 열린 사구라 꽃송이, 그는 그림을 구경하듯 멍—하니 서서 바라보앗다. 불현듯 고향 생각이 난 것이엇다.

「우리가 심은 사구라나무도 저러케 피엇으려니…… 동네가 온통 꽃투성이려니……」

그때 마침 일본 여자 하나가 꽃그늘에서 거닐다가 방 서방과 눈이 마조쳣다. 방 서방은 무슨 죄나 지은 듯이 움츨하고 돌아섯다. 꽃결같이 빛나는 그 젊은 여자의 얼골! 방 서방은 찌르르하고 가슴을 진동식히는 무엇을 느끼며 나려왓다.

29

위선 단골집으로 가서 얼근한 술국에 곱배기로 두어 잔 드리켰다. 그리고 늙수그레한 주모와 몇 마디 농담까지 주거니 받거니 하다 나서니 세상은 슬프다면 온통 슬픈 것도 같고 즐겁다면 온통 즐거운 것 같기도 했다.

「에라 저녁먹이는 생각해 무얼 하느냐 다른 집 술맛도 한번 보리라」

하고 웃줄렁하여⃰ 지나다 말고 드러선 것이
⃰건들대며.
바로 이 술집이엇다.

「뭐!」

방 서방은 지게를 벗어 밖에 놓고 술청에 한 거름 드러서다 말고 주츰하엿다.

「저년이!」

그는 눈이 번적하여 술청에 앉은 주모를 바라보앗다. 주모는 시아버니의 상복을 벗어던지고 분홍 저고리를 입은 것밖에는 조끔도 눈에 선 데가 없는 정순의 에미, 자기의 안해엿다. 처음엔 그는 분함에 격하여 두 주먹을 부르르 떨고 섯을 뿐이엇으나 그 주모마자 방 서방의 모양을 발견하고 「으앗」 소리를 치며 술국이¹를 내여던질 때 그때는 방 서방은 일즉 생각지 못햇든 자격지심이 불숙 일어낫든 것이다.

¹ 술국 사발.

「지금 내꼴이 얼마나 초췌하냐 그러나 나도 사나이다. 저 따위 게집년에게 나의 곤궁한 모양만 보히고 섯을 까닭은 없다」

그는 선듯 물러서 나오고 말엇다.

김씨는 술청에서 그냥 나려 뛸 재조는 없엇다. 다시 방으로 드러가서 마루로 나가서 마당으로 나려가서 안부엌을 거처서 뒤깐 앞을 지나서 술청 앞으로 나왓을 때는 정순의 아범은 간 데가 없엇다.

「인재 그 사람 어디 갓소?」

「나갑디다」

문밖에 나와 보나 보히지 안엇다. 「정순이 아버지—」 하고 악을 써 부르기를 몇 차례 햇으나 지나가든 사람만 구경할 뿐 남편의 모양, 정순이는 어쩌고 혼자 도라다니는 그 쓸쓸한 남편의 모양은 깨여난 꿈처럼 사라지고 말엇다.

김씨는 세상이 앗득하여 그대로 길 우에 주저앉고 말엇다. 그리고 가슴을 치며 울엇다.

그까짓 생리별은 아모것도 아니엿다. 백옥 같은 제 마음을 남편이 오해하는 것이 기막히엇고 꿈결처럼이나마 딸 정순이까지 보지 못한 것이 가슴을 쪼기는 애닯음이엇다.

三三年一月二十九日

1933년 1월 29일.

(『신동아』, 1933. 3.)

달밤

성북동城北洞으로 이사 나와서 한 대엿새 되엿슬가 그날 밤, 나는 보는 신문을 머리맡에 밀어 던지고 누어 새삼스럽게 「여기도 정말 시골이로군!」 하엿다.

무어 밖앝이 컴컴한 걸 처음 보고 시냇물 소리와 쏴―하는 솔바람 소리를 처음 드러서가 아니라 「황수건」이라는 사람을 이날 저녁에 처음 보앗기 때문이다.

그는 말 몇 마디 사괴지¹ 않어서 곧 못난이란 것이 드러낫다. 이 못난이는 성북동의 산들보다, 물들보다, 조고만 지름길들보다 더 나에게 성북동이 시골이란 느낌을 풍겨주엇다.

¹ 사귀지.

서울이라고 못난이가 없을 리야 없겟지만 대처에서는 못난이들이 거리에 나와 행세를 하지 못하고 시골에선 아모리 못난이라도 마음 놓고 나와 다니는 때문이지 못난이는 시골에만 잇는 것처럼 흫이 시골에서 잘 눈에 띠인다. 그리고 또 흫이 그는 태고ㅅ때 사람처럼 그 우둔하면서도 천진스런 눈을 가지고 자기 동리에

37

처음 드러서는 객에게 가장 순박한 시골의 정
취를 돋아주는 것이다.

그런데 그날 밤 황수건이는 열 시나 되여서
우리 집을 찾어왔다.

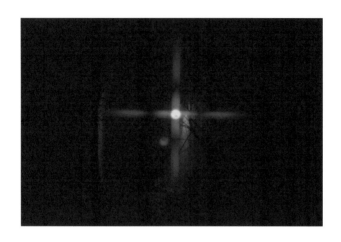

그는 어두운 마당에서 꽥 질으는 소리로

「아 이 댁이 문안서……」
사대문 안에서.

하면서 드러섯다. 잡담 제하고 큰일이나 난
사람처럼 건는방 문 앞으로 달려들더니

「저, 저— 문안 서대문거리라나요 어디선가
나오신 댁입쇼」

한다.

38

보니「합비⁺」는 안 닙엇스되 신문을 들고 온

핫피(法被): 일본어로, 등이나 깃에 상호 등이 적힌 작업복.

것이 신문 배달부다.

「그렇소. 신문이오?」

「아— 그런 걸 사흘이나 저, 저— 건넌 쪽에
만 가 찾엇습죠 제—기……」

하드니 신문을 방에 드렷드리며

「그런뎁쇼 왜 이러케 죄꼬만 집을 사구 와겹
쇼 아, 내가 알엇더면 이 아래 큰 개와집도 많
은 걸입쇼……」

한다. 하 말이 황당스러워 유심히 그의 생김
을 내다보니 첫눈에 두드러지는 것이 빡빡 깎
은 머리로되 보통 크다는 정도 이상으로 골이
크다. 그런 데다 옆으로 보니 장구대가리다.

「그렇소? 아모턴 집 찾노라고 수고했소」

하니 그는 큰 눈과 큰 입이 히죽거리며

「뭘입쇼, 이게 제 업인뎁쇼」

하고 날래⁺ 물러서지 않고 목을 길게 빼여
방 안을 살핀다. 그러더니 뭇지도 않는데

빨리.

「저는입쇼 이 동네 사는 황수건이라 합니

39

다⋯⋯」

하고 인사를 부친다. 나도 정렴하게^ː 내 이

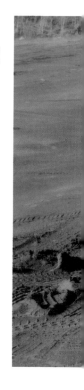

름을 대엿다. 그는 또 싱글벙글하면서

반듯하게.

「댁엔 개가 없구먼입쇼」

한다.

「아직 없소」

하니

「개 그까짓 거 두지 마십쇼」

한다.

「왜 그렇소?」

물으니 그는 얼른 대답하는 말이

「신문 보는 집엔입쇼 개를 두지 말아야 합니

다」

한다. 이것 재미잇는 말이다 하고 나는

「왜 그렇소?」

하고 또 물었다.

「아, 이 뒷동네 은행소에 댕기는 집엔입쇼

망아지만 한 개가 잇는뎁쇼 아, 신문을 배달할

수가 잇어얍죠」

「왜?」

「막 깨물랴고 덤비는 걸입쇼」

한다. 말 같지 않어서 나는 웃기만 하니 그
는 더욱 신을 낸다.

「그눔에 개 그저, 한번, 양떡을 멕여대야! 할
텐데……」
한 방 먹여야.

하면서 주먹을 부르대는데 보니 손과 팔목

41

은 머리에 비기여 반비례로 작고 가느다랗다.

「어서 곤할 텐데 가 자시오」

하니 그는 마지못해 물러서며

「선생님, 참 이 선생님 편안히 주뭅쇼. 저 집은 여기서 얼마 않 되는 걸입쇼」

하드니 돌아갔다.

그는 이튼날 저녁, 집을 알고 오는데도 아홉 시가 지나서야

「신문 배달해 왔습니다」

하고 소리를 치며 드러섰다.

「오늘은 왜 늦엇느냐?」

물으니

「자연 그럽죠」

하고 다른 이야기를 꺼냈다.

자기는 워낙 이 아래 잇는 삼산학교에서 일을 보다 어떤 선생하고 뜻이 덜 맞어 나왔다는 것, 지금은 신문 배달을 하나 원배달이 아니라 보조배달이라는 것, 저이 집엔 양친과 형님 내외와 쪽하¹ 하나와 저이 내외까지 식구가 일곱

¹ 조카.

42

이라는 것, 저이 아버지와 저이 형님의 이름은 무엇무엇이며 자기 이름은 황가인 데다가 목숨 수ㅅ자하고 세울 건ㅅ자로 황수건이기 때문에 아이들이 노랑수건이라고 놀리어서 성북동에 서는 가가호호에서 노랑수건 하면 다 자긴 줄 알리라고 자랑스럽게 이야기하다가 이날도

「어서 그만 다른 집에도 신문을 갖다 줘야 하지 않소?」

하니까 그때서야 마지못해 나갓다.

***

우리 집에서는 그까짓 반편과 무얼 대꾸를 해가지고 그러느냐? 하되 나는 그와 직거리기 가 좋앗다.

그는 아모것도 아닌 것을 가지고 열심스럽게 이야기하는 것이 좋앗고 그와는 아모리 오래 직거리어도 힘이 들지 않고 또 아무리 오래 직거리고 나도 웃음밖에는 남는 것이 없어 기

분이 거뜬해지는 것도 좋앗다。그래서 나는 무슨 일을 하는 중만 아니면 한참식 그의 말을 받아주엇다。

어떤 날은 서로 말이 막히기도 햇다。대답이 막히는 것이 아니라 무슨 말을 해야 할가 하고 막히엇다。그러나 그는 늘 나보다 빠르게 이야기꺼리를 잘 찾어냇다。오뉴월인데도 「꿩고기를 잘 먹느냐?」고도 뭇고 「양복은 저고리를 먼저 입느냐 바지를 먼저 입느냐?」고도 뭇고 「소와 말과 싸흠을 부치면 어느 것이 이기겟느냐?」는 둥 아모턴 그가 얘기꺼리를 취재하는 방면은 기상천외로 여간 범위가 넓지 않은 데는 도저히 당할 수가 없엇다。하로는 나는 「평생 소원이 무엇이냐?」고 그에게 물어보았다。그는 그까짓 것쯤 얼른 대답하기는 누어서 떡 먹기라고 하면서 평생 소원은 자기도 원배달이 한번 되엿스면 좋겟다는 것이엇다。

남이 혼자 배달하기 힘드러서 한 이십 부 떼여 주는 것을 배달하고 월급이라고 원배달에게서 한 삼 원 받는 터이라 월급 이십여 원을 받고, 신문사 옷을 입고, 방울을 차고 다니는 원배달이 제일 부럽노라 하엿다. 그리고 방울만 차면 자기도 뛰여다니며 빨리 돌을 뿐 아니라 그 은행소에 다니는 집 개도 조곰도 무서울 것이 없겟노라 하엿다.

그래서 나는 「그럴 것 없이 아주 신문사 사장쯤 되엿스면 원배달도 바랄 것 없고 그 은행소에 다니는 집 개도 상관할 배 없지 않겟느냐?」 한즉 그는 뚱그레지는 눈알을 한참 굴리며 생각하드니 딴은 그렇켓다고 하면서 자기는 경난이 없어* 거기까지는 바랠 생각도 못 하엿

*문맥상 '경험이 없어'.

다고 무릎을 치듯 가슴을 첫다.

그러나 신문사장은 이내 잊어버리고 원배달

45

만 마음에 박혓든 듯 하로는 밖앝마당에서부터 무어라고 떠드러대며 드러왔다.

「이 선생님? 이 선생님 곕쇼? 아, 저도 내일부턴 원배달이올시다. 오늘 밤만 자면입쇼⋯⋯」

한다. 자세히 무러보니 성북동이 따로 한 구역 되엿는데 자기가 맡게 되엿스니까 내일은 배달복을 입고 방울을 막 떨렁거리면서 올 테

니 보라고 한다. 그리고 사람이란 게 그렇게 무어던지 끝을 바라고 붓들어야 한다고 나에게 일러주면서 신이 나서 돌아갓다.

우리도 그가 원배달이 된 것이 좋은 친구가 큰 출세나 하는 것처럼 마음속으로 실로 즐거웟다. 어서 내일 저녁에 그가 배달복을 입고 방울을 차고 와서 쭐럭거리는 것을 보리라 하엿다.

***

그러나 이튼날 그는 오지 않엇다. 밤이 늦도록 신문도 그도 오지 않엇다. 그다음 날도 신문도 그도 오지 않다가 사흘째 되는 날에야 이날은 해도 지기 전인데 방울 소리가 요란스럽게 우리 집으로 뛰여들엇다. 「어디 보자!」 하고 나는 방에서 뛰여나갓다.

그러나 웬일일가 정말 배달복에 방울을 차고 신문을 들고 드러서는 사람은 황수건이가 아니라 처음 보는 사람이다.

47

「왜 전엣 사람은 어디 가고 당신이오?」

물으니 그는

「제가 성북동을 맡앗습니다」

한다.

「그럼 전엣 사람은 어디를 맡앗소?」

하니 그는 픽 웃으며

「그까짓 반편을 어딜 맡깁니까? 배달부로
쓸랴다가 똑똑치가 못하니까 않 쓰고 말엇나봅
니다」

한다.

「그럼 보조배달도 떠러젓소?」

하니

「그럼요 여기가 따로 한 구역이 된 걸이오」

하면서 방울을 울리며 나갓다.

＊

이러케 되엿스니 황수건이가 우리 집에 올
길은 없어지고 말엇다. 나도 가끔 문안엔 다니

지만 그의 집은 내가 다니는 길 옆은 아닌 듯
길ㅅ가에서도 잘 보히지 않엇다.

　나는 가까운 친구를 먼 끝에 보낸 것처럼,
아니 친구가 큰 사업에나 실패하는 것을 보는
것처럼 못 맛나는 섭섭뿐이 아니라 마음이 아
프기도 하엿다. 그 당자와 함께 세상의 야박함
이 원망스럽기도 하엿다.

　한데 황수건은 그의 말대로 노랑수건이라면
온―동네에서 유명은 하엿다. 노랑수건 하면
누구나 성북동에서 오래 산 사람이면 먼저 웃
고 대답하는 것을 나는 차츰 알앗다.

　내가 잠간식 며칠 보기에도 그랫거니와 그
에겐 웃어운 일화도 한두 가지가 아니엇다.

　삼산학교에 급사로 잇슬 시대에 삼산학교에

다 남겨놓고 나온 일화도 여러 가지라는데 그 중에 두어 가지를 동네 사람들의 말대로 옴겨 보면 역시 그때부터도 이야기하기를 대단 즐기여 선생들이 교실에 드러간 새 손님이 오면 으레 손님을 앉히고는 자기도 걸상을 갓다 떡 마조 놓고 앉는 것은 무론, 마조 앉어서는 곳 자기류의 만담삼매로 빠지는 것인데 한번은 도학무국에서 시학관이 나온 것을 이 따위로 대접하엿다. 일본말을 못하니까 만담은 할 수 없고 마조 앉어서 작고 일본말을 연습하엿다.

　「센세이 히, 오하요 고사이마쓰…… 히히 아메가 후리마쓰, 유끼가 후리마스까 히히……ㅓ」
　선생님 히, 안녕하십니까…… 히히 비가 옵니다. 눈이 옵니까 히히…….
시학관도 인정이라 처음엔 웃엇다. 그러나 열 번 스므 번을 되푸리하는 데는 성이 나고 말엇다. 선생들은 아모리 기다려도 종소리가 나지 않으니까 한 선생이 나와 보니 종칠 것도 잊어버리고 손님과 마조 앉어서 「오하요 유끼가 후리마스까……」 하는 판이다.

　그날 수건이는 선생들에게 단단히 몰리고

다시는 않 그러겟노라고 햇스나 그 버릇을 고치지 못해서 그에 쫓겨 나오고 말은 것이다.

그는 「너의 색씨 다라난다」 하는 말을 제일 무서워햇다 한다. 한번은 어느 선생이 작난엣 말¹로 「여즘 같은 따뜻한 봄날엔 옛날부터 색
  장난하는 말.
시들이 다라나기를 좋아하는데 어제도 저 아랫말에서 두리나 다라낫다니까 오늘은 이 동리에서 반드시 다라나는 색시가 잇스리라」 했드니 수건이는 점심을 먹다 말고 눈이 휘둥그레젓다 한다. 그리고 그날 오후에는 어서 바삐 하학을 식히고 집으로 갈 량으로 오십 분 만에 치는 종을 이십 분 만에 삼십 분 만에 함부로 다거서²
  앞당겨서.
첫다는 이야기도 잇다.

**

하로는 나는 거이 그를 잊어버리고 잇슬 때
「이 선생님 계십쇼?」
하고 수건이가 찾어왔다. 반가윗다.

51

　「선생님 요즘 신문이 걸르지 않고 잘 옵죠?」

　하고 그는 배달 감독이나 되여 온 듯이 뭇는

다.

　「잘 오, 왜 그류?」

　한즉 또,

　「늦지도 않굽쇼 일즉이 제때마다 꼭꼭 옵

죠?」

한다.

「당신이 돌를 때보다 세 시간은 일즉이 오고 날마다 꼭꼭 잘 오」

하니 그는 머리를 벅적벅적 긁으면서

「하루라도 걸르기만 해라 신문사에 가서 대뜸 일러바치지…」

하고 그 빈약한 주먹을 부르댄다.

「그런넵쇼 선생님?」

「왜 그류?」

「삼산학교 말슴애요 그 저 대신 드러온 급사가 저보다 근력이 세게 생겼습죠?」

「나는 그 사람을 보지 못해서 모르겟소」

하니 그는 은근한 말소리로 히죽거리며

「제가 거길 또 드러가볼랴굽쇼 운동을 합죠」

한다.

「어떠케 운동을 하오?」

「그까짓 거 날마당 사무실로 갑죠 다시 써달라고 졸라댑죠…… 아, 그랫더니 새 급사란 녀

53

석이 저보다 크기도 무척 큰뎁쇼 이 녀석이 막 불근댑니다그려 그래 한번 쌈을 해야 할 턴뎁쇼 그 녀석이 근력이 얼마나 센지 알아야 뎀벼들 턴뎁쇼…… 허」

「그러치 멋모르고 대드럿다 매만 맞지」

하니 그는 한 거름 다가서며 또 은근한 말을 한다。

「그래섭쇼 어쯔녁엔 큰 돌맹이 하나를 굴려다 삼산학교 대문에다 낫습죠 그리구 오늘 아츰에 가보니깐입쇼 없어젓는뎁쇼 이 녀석이 나처럼 억지루 굴려다 버렷는지 뻔쩍 들어다 버렷는지 그만 못 밧거든입쇼 제—길……」

하고 머리를 극는다。 그러더니 갑작이 무얼 생각한 듯 손벽을 탁 치드니

「그런뎁쇼 제가 온 건입쇼 댁에선 우두를 너치 마시라구 왓습죠」

한다。

「우두를 왜 너치 말란 말이오?」

한즉

「요즘 마마가 다닌다굽쇼 모두 우두들을 넌는뎁쇼 우두를 너으면 사람이 근력이 없어지는 법인뎁쇼」

하고 자기 팔을 걷어올려 우두ㅅ자리를 보이면서

「이걸 봅쇼 저두 우두를 이러케 넣기 때문에 근력이 줄엇습죠」

한다。

「우두를 넣으면 근력이 준다고 누가 그립디까?」

물으니 그는 싱글거리며

「아 제가 생각해넷습죠」

한다。

「왜 그렇소?」

하고 캐이니,

「우두는 ○○○들이 조선 사람 힘 못 쓰라

검열로 인한 복자(伏字).

고 넣어주는 것인뎁쇼 뭘…… 저 아래 윤금보라고 잇는뎁쇼 기운이 장산뎁쇼 아 삼산학교 그 녀석두 우두만 넣엇다면 그까짓 것 무서울

55

것 없는뎁쇼 그걸 모르겠든입쇼……」

한다. 나는

「그러케 용한 생각을 하고 일러주러 왓스니 아주 고맙소」

하엿다. 그는 좋아서 벙긋거리며 머리를 긁엇다.

「그래 삼산학교에 다시 들기만 기다리고 잇소?」

무르니 그는

「돈만 잇스면 그까짓 거 누가 고쓰까이*노릇을 합쇼 미천만 잇으면 삼산학교 앞에 가서 뻐젓이 장사를 할 턴뎁쇼」

고즈카이(こづかい): 잔심부름꾼.

한다.

「무슨 장사?」

「아, 방학 될 때까지 차미*장사도 하굽쇼 가을부턴 군밤장사, 왜떡*장사, 습자지, 도화지 장사 막 합죠 삼산학교 학생들이 저를 어떠케 좋아하겟쇼」

참외.

얇게 구운 과자.

한다.

나는 그날 그에게 돈 삼 원을 주엇다. 그의 말대로 삼삼학교 앞에 가서 뻣젓이[버젓이.] 차미장사라도 해보라고. 그리고 돈은 남지 못하면 돌려오지 않어도 좋다 하엿다.

그는 삼 원 돈에 덩실덩실 춤을 추다싶히 뛰여나갓다. 그리고 그 이튿날 「선생님 잡수시라굽쇼」 하고 나 없는 때 차미 세 개를 갓다 두고 갓다.

그리고는 온 여름 동안 그는 우리 집에 얼른 하지 않엇다.

드르니 차미장사를 해보긴 햇는데 이내 장마가 드러 미천만 까먹고 그까짓 것보다 한 가지 놀라운 소식은 그의 안해가 다라낫단 것이다. 저이끼리 금슬은 괜찬엇건만 동세가 못 견디게 굴어 다라난 것이라 한다. 남편만 남 같으면 따로 살림 나는 날이나 기다리고 살 것이나 평생 동세 밑에 살아야 할 신세를 생각하고 다라난 것이라 한다.

그런데 며칠 전이엇다. 밤인데 달포 만에 수

건이가 우리 집을 찾어왔다. 웬 포도를 큰 것으로 대여섯 송이를 종이에다 싸도 않고 맨손에 들고 드러왔다. 그는 벙긋거리며 첫마듸로

「선생님 잡수라고 사 왔습죠」

하는 때엿다. 웬 사람 하나가 날새게 그의 뒤를 딸아 들더니 닫자곧자로 수건이의 멱살을 움켜쥐고 끌고 나간다. 수건이는 그 우둔한 얼골이 새하야케 질리며 꼼짝 못 하고 끌려 나갓다.

나는 수건이가 포도원에서 훔쳐 온 것을 직각¹하엿다. 쫓아나가 매를 말리고 포도 값을 무러주엇다. 포도 값을 무러주고 보니 수건이는 어느 틈에 가고 없엇다.

> 즉시 알아차림.

나는 그 다섯 송이의 포도를 탁자 우에 언저 놓고 오래 바라보며 아껴 먹엇다. 그의 은근한 순정을 먹듯 한 알을 가지고도 오래 입안에 굴려보며 먹엇다.

***

어제다. 문안에 드러갓다 늦어서 나오는데 불빛 없는 성북동 길 우에는 밝은 달빛이 깁¹

¹ 명주로 짠 비단.

을 깐 듯하였다.

그런데 포도원께를 올라오노라니까 누가 맑지도 못한 목청으로 「사게와 나미다까 다메이끼까……²」를 부르며 큰길이 좁다는 듯이 휘

² 술은 눈물인가 한숨인가……. 당시 유행한 일본가요 가사.

적거리며 나려왔다. 보니까 수건이 같엇다. 나는 「수건인가?」 하고 아는 체하려다가 그가 나를 보면 무안해할 일이 잇는 것을 생각하고 휙

길 아래로 나려서 나무 그늘에 몸을 감추엇다.

그는 길은 보지도 않고 달만 쳐다보며 노래
는 그 이상은 외우지도 못하는 듯 첫 줄 한 줄
만 되푸리하면서 전에는 본 적이 없엇는데 담
배를 다 픽픽 빨면서 지나갓다.

달밤은 그에게도 유감한 듯하엿다.

一九三三年十月四日.
1933년 10월 4일.

(『중앙』, 1933. 11.)

아련

나는 어렴풋이 잠이 들었다가, 개 짖는 소리에 깨었다. 깨기는 하였으나, 짖기 잘하는 우리 집 개라 이내 멎으려니 하고 다시 잠을 청했다. 그러나 자꾸 짖기만 한다. 안방에서 안해가 내다보고 바둑아, 바둑아 부르며 달래나, 바둑이는 점점 더 짖기만 한다. 안해는 나더러 좀 나가보라고 소리친다. 나는 안해더러 좀 내다보라고 대답한다. 개는 그저 짖어대는 품이 누가 왔든지, 무슨 일이 생겼음에 틀리지 않다.

나는 미닫이를 열고 불을 내대고,[내밀고.] 안해는 전지[손전등.]를 켜 들고 아랫마당으로 내려갔다. 개 짖는 소리가 그제야 멎는다.

「뭐유?」

나는 방에서 소리를 질렀다. 안해는 전지를 한곳으로만 한참 비치고 섰더니, 잠잣고 사방을 두리두리하며 뛰어 올라왔다.

「뭐유?」

「좀 나오슈」

「뭐냐니까?」

「글세 나오세요 좀……」

하는 안해는, 무슨 처참한 광경이나 본 것처럼 얼굴이 하얘서 후들후들 떤다. 그러자 대문 쪽에서 웬 갓난애 울음소리가 난다. 울음소리를 듣자, 안해는 나더러 얼른 나오라고 발을 구른다.

나도 가슴이 뚝닥거렸다. 나려가 보니, 하―얀 포대기 속에서 새빨간 어린애 얼굴이 아스라지게 우는 것이다. 나는 아이를 자세 드려다보기 전에 먼저 전지를 받아 사방을 둘러 비쳐보았다. 누가 이따위 짓을 했을가? 담도 없이 나무숲으로 둘린 우리 집이라, 아이를 갖다 놓고는 으레 어느 구석에서든지 집어 들여가나 안 들여가나 지키고 섰을 것이다. 지금 우리의 이 광경을 말끔 보고 섰을 것이었다. 나는 몹시 불쾌하기부터 했다.

「어쩌우?」

「내버려두지, 어째?」

하고 엿보는 사람이 있으면 알아듣도록 크

게 소리 질렀다.

「당신두……」

안해는 어느 틈에 아이를 안아 들었다. 아이는 울음을 끄친다. 내가 자식이 있는 사람이라면 구차한 사람이 우리의 동정을 바라는 것으로 여길 것이겠으나, 우리가 무자식한 사람이라, 아무의 자식이고 생기기만 하면 감지덕지기를 줄 알고, 우리의 약점을 이용하는 것이 아니면, 그들이 우리를 도리어 동정하는 행동 같아서 자못 불쾌함뿐이었다.

「어린거야 무슨 죄유? 감기 들었겠다」

안해는 아이를 안은 채 더플더플 안으로 올라간다. 나는 대문 밖으로 나와 전지를 끄고 한참이나 어정거리었다. 그 아이의 임자가 나타나 아는체해주기를 바란 것이다. 그러나 좀처럼 나타나는 사람이 없었다.

아이는 계집애였다. 포대기 안에서는 새로 빨아 채곡채곡 개킨 기저귀 세 벌이 나왔고, 우유로 기르던 아이인 듯, 고무줄 딸린 젖병에는 아직도 따스한 우유가 반이나 든 채 있었다. 그리고 융저고리 앞섶에다는 서투른 언문 글씨로 생일을 적고, 특히 이달 열하룻날이 백일이라고까지 쓴 형겊이 붙어 있었다. 팔다리가 가느다란 것이 묶었던 것을 끌러놓으니, 버둥거리며 즐거운 듯이 주먹을 빨았다.

아직 낳은 지 백 일도 못 되는 아이를 인상서를 뜯어보는 것은 잔인하기는 하나, 우리는 눈부터, 코부터, 귀 붙은 것부터, 머리 생긴 것부터 덤비며 들여다보고, 만져보고 하였다. 나는 하나도 마음에 안 들었다.

「누굴가? 어떤 종잔지나 알었음……」

「건 알아 뭘 허우」

「어떡하실랴우 그럼?」

「그리게 왜 안구 들어와? 우리가 그냥 두구 들어옴 저이가 도루 가져갈 거 안야?」

「어떻게 그럭허우? 추운 때…… 저 봐 기침 허지 않게!」

아이는 두 주먹을 딴딴히 쥐면서 기침을 날

68

때마다 바들작 바들작 한다. 이맛살이 쪼그라들고 눈을 꼭 감아 눈물방울이 쫄끔 올려 솟더니, 응아아 울어댄다.

「이거 생, 걱정거리 맡지 않았게!」

안해가 젖을 데이러 나간 새, 나는 서너 번 울음을 달래느라고 또다또닥 해보았으나, 아이도 당치 않은 사람의 손길이라는 듯이 그냥 내

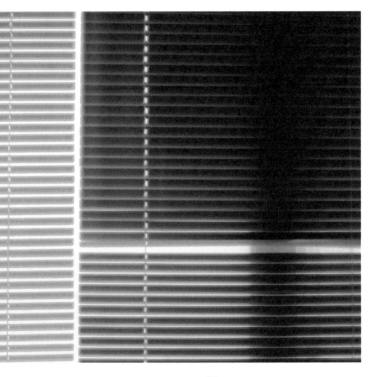

쳐 울었고, 나도 그냥 멀거니 내려다만 보다가,
입맛을 다시며 내 방으로 건너오고 말았다.

***

나는 아이 울음소리도 귀에 익지 않았거니
와 무슨 모욕이나 당한 것처럼 불쾌해 잠이 오
지 않았다.

안해가 약을 먹는다, 수술을 한다 하며 하
애를 쓰는 것을 볼 때는, 나도 걱정이 안 되는
것은 아니었다. 내 자신 혼자로도 조그만 문방
구 한 가지라도 공을 들여 만지다가는 이담 내
가 쓰던 물건만 임자 없이 남을 것이 쓸쓸하였
고, 더구나 병이나 나 누웠으면 그 쓸쓸함은 몇
배 더하였다. 한번은 어떤 관상쟁이가 나를 고
고상呱呱相¹이라 하였다. 나는 도리어 반동심이
고독한 상.
생기어 어디, 구지 한번 아이를 낳어보리라 애
를 쓴 적도 없지 않았다.

그러나 아무것도 아니게 생각하면 또한 아

70

무엇도 아닌 것이다. 인간이 내 몸 한번 죽어지는 날 안해는 무엇이며 자식은 무엇인가? 하물며 손때 좀 묻히고 남긴 물건이 하상 무엇인가? 사는 날까지 도리어 자번뇌子煩惱¹를 모르고 내

자식으로 인한 번뇌.

서재, 내 정원에서 무영무욕신無榮無辱身²으로

영화도 없고 욕됨도 없는 몸.

유유자적하는 것이 얼마나 편하고 맑은 생활인가? 난초가 기르기 힘드나 밤을 새워 간호해야 하는 질환은 없고, 서화³가 값이 높으나, 교육

글씨와 그림.

비와 같은 의무는 아니다. 난초에 꽃이 피는 날 아침, 바람을 기다리는 재미, 벽에 서화를 갈아 걸고 친구를 기다리는 맛은 어찌 인간의 복락 중에 소홀히 여길 것의 하나이랴. 자식락은 모르면 모르는 채 나에게만 주어진 복을 아끼고

지킬 것이지, 구태여 남의 자식을 주서 오는 데에까지 자식 탐을 내는 것은 망녕된 욕심이라 느껴졌다.

***

이튿날 나는 곧 가까운 파출소로 갔다. 파출소에서는 곧 부청으로 알리어 이날 오후로 순사와 인부 한 사람이 왔다. 나는 내 자신 처사에 스스로 놀랐다. 순사는 검시檢屍나 하러 나온 것 같았고 인부는 아이를 안고 묘지로나 갈 사람 같이 끔직해 보힘은 웬일일가? 더구나 안해가 하룻밤 사이에 든 정만으로도 제 혈육을 내어놓는 것처럼 마음 아파 하는 것이다.

「못생긴 것……」

하고 나는 순사에게 면구적어^{낯부끄러워.} 혀를 몇 번 채이고, 눈까지 흘겼으나, 나 역^{역시.} 허연 포대기에 싸여 그 이름도 없는 아이가 아무 상관도 없는 인부에게 안겨 껍신껍신 사라져가는 것을 보고는, 눈두덩이 뜨거워옴을 감출 수 없었다. 전생에서부터 맺어진 무슨 인연인 것을 모반하는 죄스러움조차 느끼었다. 안해는 엉—엉 소리를 내어 울었다. 안해가 더욱 애처러워하는 것은 그 아이가 감기가 든 것이다. 우리 대문간에 버려두었던 고 동안에 든 것인 듯, 아침에는 손발이 끓고 우유 꼭지도 제대로 빨지 못하면서 기침만 콜록거리었다 한다.

「부청으로 감 그게 어딜루 뉘 손으루 가 길류?ᵏ」
길러지오?

「내가 아우。 아무턴 관청에서 하는 일인데, 으레 책임 있는 설비가 있겠지」

「거 감기가 났거든 보냈어두…… 저이 어멈이 알믄 얼마나 우릴 모진 연눔으로 알가!」

「저이가 더 모진 연눔이지, 왜 못 기를 처지

73

면 와 사정을 못 해……」

나는 어서 여러 날이 지나 이런 뒤숭숭한 기분이 우리 집에서 사라져버리기를 바랐다.

그러나 안해에게 잠재했던 모성의식母性意識은 그 머리털 한 오리를 다을 데 없는 아이언만, 그 아이를 하룻밤 옆에 누였던 것만으로도 굳센 자극을 받았던 모양이었다. 아이 울음소리가 자꾸 들리는 것 같고, 그 울음소리는 자기를 찾는 것 같고, 팔이 헛전하여 무슨 무게든지 아이만 한 것을 안아보고 싶어 견딜 수가 없다는 것이다.

나는 생각다 못해 안해에게 앵무 한 마리를
사다 주었다. 새에게라도 엄마 소리를 가르쳐
주고 들으라 하였다. 안해는 거들떠도 보지 않
았다. 전에 화초 가꾸듯 하면 응당 앵무에게
도 정을 쏟으련만, 굶기지 못해 물과 모이를 줄
뿐, 조금도 탐탁해하지 않다가, 하루는 아마 그
아이가 간 지 대여쌔 되어서다.

　「나 걔 가 보구 왔지」

　하는 것이다.

　「걔라니?」

　「우리 집에 왔던 애」

　그러면서 눈물이 대뜸 글썽해졌다. 부청으
로 가 물었더니, ××고아원으로 보냈다 해서
그 길로 고아원으로 갔더니, 거기서는 왕십리往
十里 사는 유모에게 맡겼다 해서 그리로 찾아가
보고 왔다는 것이다.

　「그래 감긴?」

　「아주 낫진 안었어…… 그래 소아과루 데리
구가 진찰허구 약 져 줘 보냈지」

「잘했수」

하고 무심히 그 자리를 물러섰으나, 아무리 생각해보아도 안해에겐 난초보다, 서화보다, 앵무보다, 한 어린애가 몇 곱절 더 귀한 것임을 나는 무시할 수가 없어졌다. 나는 여러 날 저녁 생각다 못해 슬그머니 그 고아원으로 찾아갔다.

젖먹이들은 다 젖어멈을 정해 들려 주고 거기서 노는 아이들은 모두 오륙 세, 칠팔 세짜리 큰 아이들이었다. 낯선 사람이라 그들은 신기한 눈으로 두리번거리며 가까워지는 아이마다 나에게 경례를 하였다. 나는 대뜸 낙망하고 만 것이, 그 많은 아이들이 하나같이 못생긴 것이었다. 하나같이 골통이 기왓골에 끼어 자란 박처럼 남북이^{앞뒤가.} 내밀지 않았으면 삐뚤고, 퉁그러졌고, 눈이 하나같이 머르레─한^{멍한.} 데다 힐꺼배기^{사팔뜨기.}도 한둘이 아니다. 게다가 모두 눈칫밥만 먹어 몸가짐이 진득해 보이는 아이는 하나도 없다. 샛별 같은 눈, 능금 같은 뺨, 천진한 동심은 하나도 보히지 않는다. 나는 차라리 죄스러

76

우나 동물원 생각이 났다. 동물들의 새끼라면 저렇게 보기 싫거나 이쪽의 마음을 어둡게는 안 할 것이라 느껴졌기 때문이다. 나는 몇 번이나 주춤거리다가, 그래도 사무실로 가서, 어린애 하나가 필요한 것을 말하고, 좀 깨끗이 생긴 아이면 갓난것을 갖다 기르고 싶다 하였다. 사무실에서는 매월 그믐날이면 유모들이 아이들을 데리고 월급을 타러 오니, 그날 와서 골라보라 하였다.

　나는 고아원에 갔던 것, 그믐날을 기다리는 것, 다 안해에게는 말하지 않았다. 미리 말하였다가 합당한 아이가 없으면 안해의 심정을 긁어 부스럼 만드는 격이 될가 하여서다.

***

　그믐날, 나는 부지런히 나섰다. 안해는 어디 가느냐 물었다. 좀 볼일이 있다 하니, 자기도 곧 나갈 터이니, 일찍 들어와 있으라 하였다.

어디 가느냐 물으니, 그저 몇 군데 나가볼 일이 있다 하였다. 이런 문답이 있이 먼저 나온 나와 나중 나온 안해는 이내 한 장소에서 같은 목적으로 만난 것이다.

나는 안해에게, 안해는 나에게, 그때처럼 서로 무안해본 적은 없었다. 또 그때처럼 서루 마음이 엉켜본 적도 없었다. 나는 억지로 허허 웃어버리고 안해와 함께 아이들을 골라보기 시작하였다.

내가 꿈꾸는 샛별눈, 능금뺨은 하나도 없다. 점심때가 지나서야 그 아이, 우리 집에 왔던 아이도 나타났다. 나는 죄를 지은 것처럼 그 아이에게 서먹했다. 그러나 어느 아이보다 얼른 들여다보고는 싶어졌다. 아이는 그새 딴 아이처럼 자랐다.

「아니 한 보름새 이렇게 자랐나?」

아이는 방실방실 웃었다. 나는 아이들을 무슨 물건이나처럼 고르고 섰던 내 자신을 얼른 후회하였다.

　「여보?」

　안해는 내 눈치만 보았다.

　「얘만 한 아이두 없나 보」

　「그리게 내가 뭐랩듸까?」

　하고 안해는 그 아이를 안아보고 싶으니, 유모더러 좀 달라고 한다. 유모는 주기는커녕 실죽해 돌아서 아이를 안은 채 사무실 쪽으로 가버리는 것이다. 안해는 제 아이처럼 바짝 쫓아간다. 나는 그 유모가, 제 아이도 둘이나 있다는 여자가 애정에서 그러는 줄만 알고 크게 감탄하였다. 나중에 알고 보니 맡았던 아이가 없어지면 팔 원씩 받는 월급자리가 떠러지기 때문이었다. 그것을 알고는, 그 아이가 더욱 불쌍한 생각이 나 우리는 대뜸 뜻을 정하고 사무실로 들어갔다. 명록을 보니, 그 아이는 이미 내 성姓을 따라 윤尹가로 되어 있고, 이름도 우리 동네 아현정阿峴町에서 아阿 자를 떼어다 아련阿蓮으로 되어 있었다. 내버려진 아이는 발견된 그 처소가 원적지가 되고, 그 번지의 호주의 성姓을 따르는 규정이라 하였다. 그래 아련인 성만 내 성을 따른 것이 아니라, 원적도 이미 내 주소로 되어 있었다. 우리는 허황은 하나 인연 감因緣感을 다시 한 번 느끼며, 안해는 아련을 안고, 나는 아련을 안은 안해를 데리고 부부 동반으로 산보나 갔던 것처럼 고아원을 나섰다.

「참! 애 백일 날이 지났네!」

「그럼, 그래두 그날 내가 왕십리루 가봤어…… 이 듀레쓰서껀 모자서껀ⁱ 그날 내가 사다 준 건데……」

<small>드레스와 모자도.</small>

하는 안해는 눈물이 다 글성해진다.

80

우리는 바로 화신和信으로 왔다. 한 번도
들러본 적이 없는, 어린애 용품 파는 데로부터

화신백화점.

올라갔다.

이게 모두 연극 같다면, 나는, 우리 인간사
치고 연극 같지 않은 게 또 무엇이냐 하고 싶었
다.

己卯四月二十三日

1939년 4월 23일.

(『문장』, 1939. 6.)

토끼 이야기

현은 잠이 깨이자 눈을 부비기 전에 먼저 머리맡부터 더듬었다. 사기대접에서 밤샌 숭늉은 어름에 채인 맥주보다 오히려 차고 단 듯하였다.

문뜩 전에 서해曙海[소설가 최학송의 호.]가, 「이제 현도 술이 좀 늘어야 물맛을 알지」 하던 생각이 난다. 「지금껏 서해가 살았든들 술맛, 물맛을 가치 한번 즐겨볼 것을! 그가 간 지도 벌서 십 년이 넘는구나!」

현은 사지를 쭈욱 뻗어 기지게를 켜고 파리 날르는 천정을 멀—거니 쳐다본다.

중외中外 때[「중외일보」 기자 시절.]다. 월급날이면, 그것도 어두어서야 영업국에서 긁어 오는 돈 백 원 남짓한 것을 겨우 삼 원씩, 오 원씩 논하 들고, 그거나마 인력거를 불러 타고 호로[호로(幌): 일본어로 '(인력거 등의) 덮개'.]를 내리고 나서기 전에는, 문밖에 진을 치고 선 빵장사, 쌀장사, 양복점원들에게 털리고 말던 그 시절이었다. 현은 다행히 독신이던 덕으로 이태나 견듸였지만, 어머님을 모시고, 안해와 자식과 더부러 남의 셋방사리를 하던 서해로서는 다만 우정과 의리를 배불리는 것만으로 가족들의 목숨까지를 지탕시켜나갈 수는 없었다.

「난 매신*으로 가겠소. 가끔 원고나 보내우.

*매일신보. 조선총독부 기관지였다.

현도 아무리 독신이지만 하숙빈 내야 살지 않소」

현은 그 후「중외」에 있으면서 실상「매신」의 원고료로 하숙집 마누라의 입을 겨우 트러 막군 하였다. 그리다「중외」가 그여히 폐간이 되자, 그까짓 공연히 시간만 빼앗기던 것, 인전* 정말 내 공부나 착실히 하리라 하고, 서해

*이젠.

가 쓰라는 대로 잡문을 쓰고 단편도 얽어 하숙비를 마련하는 한편, 학생 때에 맛 모르고 읽은 태서*대가泰西大家들의 명작들을 재독하는 것부

*서양.

터 일과를 삼았었다. 그러나 사람은 조곰만 틈이 생기여도 더 큰 욕망에 눈이 튼다.「공연히 남까지 다려다 고생을 시켜?」하는 반성이 한두 번 아니였으나 결국 직업도 없이, 집 한 간

없이 현은 허턱 장가를 들어놓았다. 제 한 몸 이상을 이끌어나간다는 것은 확실히 제 한 몸 전신으로 힘을 써야 할 짐이었다. 공부고 예술 이고 모다 제이, 제삼이 되여버렸다. 배운 도적 질이라 다시 신문사밖에는 떼를 쓸 데가 없다. 다행히 첫아이를 낳기 전에 월급은 제대로 나 오는 「동아[東亞]」에 한 자리를 얻어, 또 신문소설이 라도 한옆으로 써내는 기술을 가져, 그때만 해 도 한 평에 이삼 원씩이면 살 수가 있었으니, 전차에서 나려 이십 분이나 것기는 하는 데지 만, 우선은 집 걱정을 면할 오막사리가 묻어 오 는 이백여 평의 터를 삿고, 그 후 부[府]로 편입이 되고 땅 시세가 오르는 바람에 터전 반을 떼어 팔아 넉넉히 십여 간 기와집 한 채를 짓게까지 되였다.

「인전 집은 쓰고 앉았으니 먹구 입을 걸……」

현의 안해는 살림에 재미가 나는 듯하였다. 재봉틀 월부를 끝내고, 간이보험을 들고, 유성 기도 이웃집에서 삿다는 말을 듣고 그 이튿날

87

로 월부로 맡아 오더니, 한 거름 나아가 현이
어쩌다 소리판을 하나 사 들고 와도,

「그건 뭣허러 삼 원씩이나 주…… 음악이
밥 주나! 그런 돈 날 좀 줘요」

하였고, 여름이면 현은 파쓰¹ 덕이긴 하지
만 혼자만 싸다니는 것이 미안하여 한 이십 원
만들어다, 아이들 다리고 가까운 인천이라도
하로 다녀오라고 주면, 아침에는 인천까지 갈
채비로 나섰다가도 고작 진고개로 새여 백화점
식당에나 드러갔다가는 냄비, 주전자, 그런 부
엌세간을 사서 아이들에게까지 들려가지고 들
어오기가 일수였다.

이 현의 안해는 바로 이들 집에서 고개 하
나 넘어 있는 M여전女專 문과文科 출신이다. 오
막사리에서나마 처음에는 창마다 유리를 끼고,
꽃문의의 커—틴을 드리우고 벽에는 밀레—의
안젤루쓰²를 걸고, 아침저녁으로 화분을 가꾸
었다. 때로는 잠든 어린것 옆에서 죠스란의 자
장가³도 불렀고, 책장에서 비단뚜껑 한 책을

¹ 패스.
² 장 프랑수아 밀레의 그림 「만종」의 원제 "The Angelus".
³ 고다르(Godard)의 오페라 「조슬랭(Jocelyn)」에 나오는 자장가.

88

뽑아다 뿌라우닝을 읊기도 하였다. 아이가 둘
영국 시인 로버트 브라우닝(Robert Browning).
이 되면서부터, 그리고, 그 흔한 건양사 집들
식민지 시기 경성의 개량한옥 건설회사.
이 좌우 전후에 즐비하게 드러앉는 것을 보면
서부터는 모교가 가까워 동무들이 자조 찾아오
는 것을 도리혀 싫여하였고, 어서 오막사리를
헐고 뻔뜻한 기와집을 지여보려는 설계에 파
묻히게 되였다. 안젤루쓰에 먼지가 앉거나 말
거나, 화초분이 말러 시들거나 말거나 그의 하

로는 그것들보다 더 절박한 것으로 푸로¨가 꽉
프로그램.
차지는 것 같았다.

현은 일 년에 하나씩은 신문소설을 썼다. 현
의 야심인즉 신문소설에 있지 않았다. 단편 하
나라도 자기 예술욕을 채울 수 있는 창작에 자
기를 기르며 자기를 소모시키고 싶었다. 나아
가서는, 아직 지름길에서 방황하는 이곳 신문
학을 위해 그 대도大道로 드러설 바 교량橋梁이
될 만한 대작이 그의 은근한 본원이기도 했다.
인물의 좋은 이름 하나가 생각나도 적어두어
애끼였고, 영화에서 성격 좋은 배우 하나를 보

아도 그의 사진을 찢어 모아두었다.

그러나 머리속에서 구상만으로 해를 묵을 뿐, 결국 붓을 들기는 모라쳐질 수 있는 신문소설뿐이었다.

현의 신문소설이 시작되면 독자보다는 현의 안해가 즐거웠다. 외상값 밀린 것이 풀리고, 단행본으로 나와 중판이나 되면 뜻하지 않은 목돈에 가끔 집안이 윤택해지기 때문이다.

「그러나 나도 소위 불혹지년이란 게 낼모레가 아닌가! 밤낮 이짓만 허다 까브러질 건가? 눈뜨면 사로 가고 사에 가선 통신 번역이나 허고…… 고작 애를 써야 신문소설이나 되

91

고……」

현의 비장한 결심이 그렇지 않아도 굳어질 무렵인데 「동아」가 「조선¹」과 함께 고시란히 페간이 되는 것이었다.

「조선일보」.

「명랑하라」「건실하라」 시대는 확성기로 웨친다. 현은 얼덜덜하여 정신을 수습할 수 없는 데다 메칠 저녁채 술이 취해 돌아왔던 것이다.

***

밤 잔 숭늉에 내단¹이 씻긴 듯², 속은 시원하였으나 골치는 그저 무겁다.

몸속 기가 맑아진 듯.

「술이 좀 늘어야 물맛을 알지…… 흥, 신문사 십 년에 냉수 맛을 알게 된 것밖에 느 게 무언고?」

다시 숭늉 그릇을 이끌어 왔으나 찌께기뿐이다. 부엌 쪽 벽을 뚝뚝 울리어 안해를 불렀다.

「기껀 주므셋수?」

「물 좀」

안해는 선선히 나가 물을 떠가지고 와 앉는
다. 앉더니 물을 자기가 마시기나 한 것처럼 목
을 길게 빼이며 선트림을 한다. 안해는 벌서 숨
을 가뻐 하는 것이다. 한 딸, 두 아들이여서 꼭
알맞다고 하던 것이 다시 네 번째의 임신인 것
이다.

「나 당신헌테 헐 말 있어요」

평시에 잔소리가 없는 만치 현의 안해는 가

끔 이런 투로 현의 정색을 요구하였다.

「요즘 당신 심경 나두 모르진 않우. 그러치만 당신 벌서 사흘채 내려 술 안유?」

현은 잠작고 이마를 찌프린 채 터부룩한 머리를 쓸어 넘긴다.

「비분^{슬픔.}이건, 감개^{감격.}건 말유. 술 먹구 잊어버릴 정도윗 거면 애초에 비분한 체 감개한 체 하지 말어줘요. 우리 여자들 눈엔 조선 남자들 그런 꼴처럼 메스껍구 불안스런 건 없읍듸다. 술루 심펑^{셈평. 생활 형편.}이 피우? 또 작게 봐 제 가정으루두 어듸 당신들 사내 하나뿐유? 처자식 수두룩허니 두구, 직업두 인전 없구 신문소설 쓸 데두 인전 없구…… 왜 정신 바짝 채리지 않구 그류?」

현은 「득기 싫여」 소리를 치고 다시 이불을 뒤집어썼으나, 또 반동적으로 이날도, 그 이튿날도 곤주가 되여 드러왔으나, 사실 안해의 말에 찔리기도 하였거니와 저 혼자 취한다고 세상이 따라 취하는 것도 아니요 저 혼자나마도 언제까지나 취할 수도 없는 것이였다.

94

　현은 안해의 주장대로 그 송장의 주머니에
서 털은 것 같은, 가슴이 섬찍한 퇴직금이지만,
그것을 미천으로 토끼를 길르기로 한 것이다.

　뉘 집에서는 처음 단 두 마리를 사 온 것이
일 년이 못 돼 오십 평 마당에 어떻게 주체할
수 없도록 퍼지었고, 뉘 집에서는 이백 원을 드
려 시작했는데 이태가 못 되어 매월 평균 칠팔
십 원 수입이 있다는 것은 현의 안해가 직접 목
격하고 와서 하는 말이였고, 토끼 기르는 책을
얻어다 주어 현은 하로저녁으로 독파를 하니,
토끼를 기르기에는 날마다 붓잡히는 일이기는
하나 날마다 신문소설을 써대는 것보다는 마음

의 구속은 없을 것 같았고, 신문소설을 쓰면서는 본격소설에 손을 대일 새가 없었으나, 토끼를 기르면서는 넉넉히 책도 읽고 십 년에 한 편이 되더라도 저 쓰고 싶은 소설에 착수할 여력도 있을 것 같았다. 이런 것은 시대가 메가폰으로 소리쳐 요구하는 명랑하고, 건실한 생활일 수도 있는 점에 현은 더욱 든든한 마음으로 토끼 치기를 결심하였다. 그리고 우선 안해의 뒤를 따라 안해와 동창이라는, 이백 원을 드려 지금은 매달 칠팔십 원씩 수입한다는 집부터 견

학을 나섰다.

그집 밖앝주인은 몇 해 전에 「동아」에서도 사진을 이 단으로나 내인 적이 있고, 그의 연주회 주최를 다른 사와 맹렬히 다투기까지 하던, 한때 이름 높던 피애니스트였다. 피애니스트답지는 않게 거칠고 풀물이 시퍼런 손으로 현의 부처를 맞어주었다. 마당엔 드러서기가 바쁘게 두엄내보다는 노릿한 내가 더 나는 훗훗한^{후끈한.} 냄새가 풍겨 나왔다. 목욕탕에 옷 벗어 넣는 궤처럼 여러 층, 여러 칸으로 된 토끼집이 적은 고층 건물을 이루어 한편 마당을 둘리었다. 칸칸히 새하얀 두 귀가 빨족하니 앉어 연분홍 눈을 굴리며 입을 오물거린다. 현은 집에 아이들 생각이 났다. 동화의 세게다. 아동문학을 하는 이에게 더 적당한 부업같이도 생각되였다. 현부처는 부처에게서 양토 경험담을 두 시간이나 듣고, 보고 더욱 굳어지는 자신으로 돌아왔다. 와서는

곧 광주 가네보 양토부 ┇로 제일 기르기 쉽다는
_{토끼 판매상.}
메리켄으로 이십 마리를 주문하였다. 곧 목수
를 다려다 토끼장을 짰다. 토끼장이 끝나기도
전에 「오늘 토끼를 부쳤다」는 전보가 왔다. 현
은 아이들을 다리고 산으로 가 풀과 아카시아
잎을 뜯어 왔다. 두부장사에게 비지도 마퀴었
다 ┇. 수분 있는 사료만으로는 병이 나는 법이
_{맞췄다.}
라 해서 간조사료乾燥飼料도 주문하였다. 사흘
만에 이 적고 귀여운 현의 집 새식구 이십 명은
천정을 철사로 얽은 궤짝에 담기어 한 명도 탈
없이 찾아들었다. 그들은 더위에 할락거리기는
하면서도 그저 궤짝 속이 저이 안도安堵 ┇인 듯,
_{평안한 곳.}
밖을 쳐다보는 일이 없이 태연히 주둥이들만
오물거리었다. 자연의 한 동물이라기보다 시험

98

관 속에서 된 무슨 화학물化學物 같았다. 아이들과 안해는 즐기여 끌르고 덤비였으나, 현은 그 뒤에 물러서 그 적은, 그 귀여운, 그리고 박꽃처럼 히고 여린 동물에게다 오륙 명의 거센 인생의 생계生計를 계획한다는 것을 생각할 때 확실히 죄스럽고 수치스럽기도 하였다.

아모튼 토끼가 와서부터 현은 잠시도 쉬일 새가 없었다. 멕이를 주고 다음 멕이의 준비까지 되여 있으면서도 얼른 손을 씻고 방으로 드러와지지가 않었다. 토끼장 앞으로 어정어정하는 동안 다시 다음 멕이 시간이 되고, 다시 그 다음 멕이를 준비해야 되고 장 안을 소제해야 되고, 현은 저녁이나 되어야 자기의 시간으로 돌아올 수가 있었다.

차츰 밤 긴 가을이 깊허졌다. 워낙 구석진 데라 더구나 저녁에는 찾아오는 친구가 별로 없었다. 현은 저녁만이라도 홀로 조용히 등을 밝히고 자기의 세게를 호흡하는 것이 즐거웠다. 십 년 전, 독신일 때 하숙집에서 재독하기

시작했던 태서명작을 다시금 음미하는 것도 즐거웠고, 등불을 멀직히 밀어놓고 책장을 살피며 근대의 파란중첩한, 인류의, 문화의, 문학의 뭇 사조思潮의 물결을 더듬으며, 한 새 사조가 부드치고 지나갈 때마다 이 구퉁이 저 구퉁이 부스러트리기만 해오던 장편長篇의 구상構想을 계속해보는 것도 얼굴이 닳도록 즐거움이였다.

많지는 못한 장서藏書나마 현은 한가히 책장을 쳐다볼 때마다 감개무량하기도 하였다. 일목천고一目千古의 감을¹ 느끼는 것이다. 새 책은 날마다 나온다. 또 새 책은 날마다 헌책이 된다. 한때는 인류 사상의 최고봉인 듯이 그 앞

¹ 한눈에 오랜 세월을.

에는 불법佛法도 성전聖典도 무색하던 것이 이제는 그 책의 뚜껑 빛보다도 내용이 앞서 퇴색해버리고 말았다. 그 뒤에 오는 다른 새것, 또 그뒤를 딿른ᐥ 다른 새것들, 책장 한 층에만도 사조는 두 시대, 세 시대가 가즈런히 꼽혀 있는 것이다.

「지나가버린 낡은 사조의 유물들! 희생된 것은 저 책자들뿐인가? 저 저자들뿐인가? 저 책들과 저 저자들뿐이라면 인류는 이미 얼마나 『화평한 이웃사람들』뿐이였으랴마는, 인류는 언제나 보다 나은 새 질서를 갈망해 헤매지 않으면 안 되였었다.」

새 사조가 지나갈 때마다 많으나 적으나, 또 그전 것을 위해서나 새것을 위해서나 반듯이 희생자는 났다. 그 사조가 거대한 것이면 거대한 그만치 넓은 발자취로 인류의 일부를 짓밟고 지나갔다. 생각하면 물질문명은 사상의 문명이기도 하다. 한 사상의 신속한 선전은 또 한 사상의 신속한 종국을 가져오기도 한다. 예전

101

사람들은 일생에 한 번이나 겪을지 말지 한 사상의 날리를 현대인은 일생 동안 얼마나 자조 겪어야 하는가。청淸나라 시인 이초二樵의 시론詩論에 일신수생사一身數生死라 했음은「정히 현대의 우리를 가리킴이라」현은 몇 번이나 책장을 바라보며 가슴 아프게 느끼는 바다。

「일신수생사! 사상은 짧고 인생은 길고……」

***

토끼는 듯던 바와 같이 빠르게 번식해나갔다。스무 마리가 아카시아 잎이 단풍들 무렵엔 사십여 마리가 되어 북적거린다。토끼장도 다시 한 오십 마리치를 늘쿠려 재목까지 사드리는 때다。문제가 일어났다。멕이의 문제다。풀과 아카시아 잎의 저장을 충분히 할 수 없어 비지와 간조사료에 오히려 믿는 바 컸었는데 두부장사가 가끔 걸른다。오는 날도 비지를, 소위 실적의 반도 못 가져온다。간조사료도 선금

과 배달비까지 후히 갖다 맡겼는데도 오지 않는다. 콩이 잘 드러오지 않어 두부 생산이 줄은 것, 그러니 두부 대신 비지 먹는 사람이 늘은 것, 그러니 비지는 두부보다도 더 귀해진 셈이다. 간조사료란 잡곡의 계糠[겨]인데 무슨 곡식이나 칠분도七分搗 내지 오분도까지 하니 계가 나올 리 없다. 알고 보니 최근까지의 간조사료란 전년의 재고품이었던 것이다. 현의 안해는 동분서주하였으나, 토끼는커녕 닭을 치던 집에서

들까지 닭을 팔고, 닭이 우리를 허는 판이였다.

닭의.

현의 안해는 억울한 일을 당할 때처럼 메칠이나 얼굴이 붉어 있었으나 결국 토끼를 기름으로서의 생게는 단념하는 수밖에 없었다. 토끼를 헐값이라도 치이기 시작하였다. 그러나 가죽이면 얼마든지 일시에 처분할 수가 있으나 산 것채로는 어디서나 멕이가 문제라 길이 막히였다. 사십여 마리를 일시에 죽이자니 집 안이 일대 도살장屠殺場이 되여야 한다. 한꺼번에 사십여 마리의 가죽을 쟁을 쳐 말릴 널판도

고르게 펴서.

없거니와 단 한 마리라도 칼을 들고 껍질을 벗길 위인이 없다. 현은 남자면서도 닭의 멱 하나

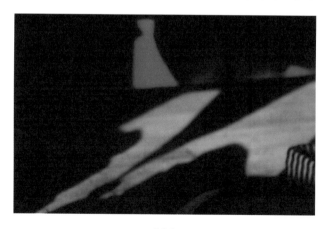

104

따본 적이 없고, 현의 안해 역, 한번은, 오막사
리집 때인데, 튀하기는 한 ᆝ 닭 한 마리를 온군 ᆝ
_{털을 뽑으려 끓는 물에 담그기는 한.}　　　　　　　_{옹근. 온전한.}
채 사 왔더니 닭의 흘겨 뜬 죽은 눈이 무서워 신
문지로 덮어놓고야 썰던 솜씨였다. 더 늘쿠지나
말고 오래는 걸리더라도 산 채로 처분하는 수밖
에 없었다. 산 채로 처분하자니 팔리는 날까지
는 어떻게 해서나 굶겨 죽이지는 않아야 한다.
부드러운 풀은 벌서 거이 없어진 때다. 부엌에
서 나오는 것은 무청뿐이요 밖에서 얻을 수 있
는 것은 클로—버뿐이다. 클로—버도 메칠 안
있으면 된서리를 맞을 지음인데 하로는 현의
안해가 그의 모교인 M여전 운동장이 클로—
버투생인 것을 생각해냈다. 그길로 고개를 넘
어 모교로 갔다 오더니, 학교에서는 해마다 사
람을 사서 뽑는데도 당할 수가 없어 잔듸를 버
릴가 바 걱정이니 제발 뜯어라도 가라는 것이
라 한다. 현은 입맛을 쩍쩍 다시다가 「당신이
가기 싫음 내가 가리다. 오륙 ᆝ이 멀정해가지구
_{몸.}
미물이라두 기르던 걸 굶겨 죽여야 옳우?」 하

105

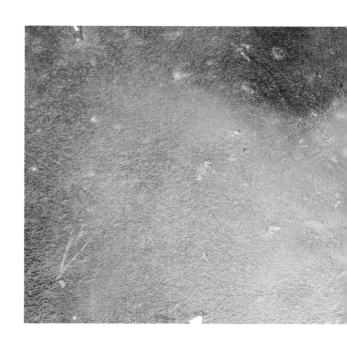

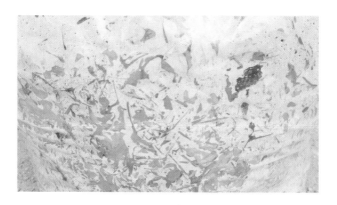

는 안해의 위협에, 안해가 홋몸도 아닌 때라, 또 다른 곳도 아니요 저이 모교 마당에 가서 토끼밥을 뜯고 앉었는 정상이 어째 정도 이상으로 가긍하게¦ 머리속에 떠올라, 그만 대패밥모자¦를 집어 쓰고 동저고리바람인 채¦ 고무신을 끌고, 마악 학교에서 돌아오는 큰녀석에게까지 다래키¦를 하나 둘러메워가지고 고개를 넘어 M여전으로 왔다.

불쌍하게.
일종의 밀짚모자. 농립.
제대로 갖춰 입지 않고.
작은 바구니.

운동장에는 과연 잔듸와 클로—버가 군데군데 반반 정도로 대진이 되여 있다.

「나야 이렇게 동저고리 바람에 농립을 눌러 썼으니 누가 알아볼라구…… 또 알아본들 현 아무개란 하상¦……」

원체.

하학이 된 듯 운동장에는 과년한 여학생들이 설멍허니¦ 다리들을 드러내고 발레이뽈¦을 던지기도 하고 자전차를 타고 돌기들도 한다. 현은 남의 집 안마당에 드러서는 것 같은 어색함

가늘고 긴.
배구공.

107

을 느꼇으나 수긋하고⌇ 한편 여가리⌇에 물러앉
<small>몸을 숙이고.</small>　　　<small>언저리.</small>
어 클로—버를 뜯기 시작하였다.

「아버지?」

「왜?」

아들애는 아직 우두먼히 서서 언덕 우에 장
엄하게 솟은 교사와 여학생들이 자전차 타는
것만 바라보고 있었다.

「우리 엄마두 여기 학교 나왔지?」

「그럼…… 어서 이 시퍼런 풀이나 뜯어……」

이 아버지와 아들의 짧은 대화를 학생 두엇
이 알아들은 듯

「애 너이 엄마가 누군데?」 하며 가까히 온
다. 현의 아들애는 코만 훌석하고 돌아선다. 현
은 힐긋 아들을 쳐다본다. 그 쳐다보는 눈이,
가끔 집에서 「떠들면 안 돼」 하던 때 같다. 아
들애는 잠작고 제 다래키를 집어다 클로—버
를 뜯기 시작한다.

「이거 뜯어다 뭘 허니?」

「토끼 메게요」

「토끼! 너이 집서 토끼 치니?」

「네」

학생들은 저이도 뜯어서 현의 아들 다래키
에 담어준다.

「너이들 뭣 허니?」

현의 등 뒤에서 다른 학생들 한떼가 몰려온
다. 현은 자기까지 아울러 「너이들」로 불려지
는 것같이 화끈해진다.

「우린 「요쓰바ー」 찾는다누」

요쓰바(四つ葉): 일본어로 '네잎클로버'.

딴은 그들은 토끼밥을 뜯어주기 위해서가
아니라 저이들 「행복」을 찾기 위해서였다.

「나두, 나두」

그들은 모이를 본 새 떼처럼 클로ー버에 몰
려 앉는다. 현은 수굿하고 다른 쪽을 향해 뜯어

나가며, 자기의 안해도 한때는 뿌라우닝의 시집을 끼고 이 운동장 언저리를 거닐다가 저렇게 목마르듯 「행복의 요쓰바」를 찾아보았으려니, 그「행복의 요쓰바」와 함께 푸른 하눌가에 떠오르던 그의 「영웅」은 오늘 이 마당에 농립을 쓰고 앉아 토끼밥을 뜯는 사나이는 결코 아니었으려니, 이런 생각에 혼자 쓴침을 삼켜보는데 무엇이 궁둥이를 툭 따린다. 넓은 마당에 까르르 웃음이 자지러진다. 현의 각도로 섯던 발레이뽈 선수 하나가 뽈을 놓혀버렸던 것이다。

*　*　*

현은 다음 날 오후에도 큰녀석을 다리고 M여전 운동장으로 왔다。클로—버는 아직도 한 댓새 더 뜯어 갈 수가 있었다. 그러나 이날이 마즈막이게 이날 밤에 된서리가 와버린 것이다. 현의 안해는 마침 짐장⁺ 때라 무청과 배추

김장.

110

우거지를 이 집 저 집서 모아드렸다. 그러나 그
것도 잠시 한철이었다. 현은 생각다 못해 한두
마리씩이라도 없애보려 대학병원에 그리 친치
도 못한 의사 한 분을 찾아가보았다. 십여 년째
대이는 사람이, 그도 요즘은 한두 마리씩 더 갔
다 맡기여 걱정이라는 것이었다. 현은 대학병
원에서 도라오는 길에 어느 책사에 들렀다. 양
토법에 관한 책에는 토끼의 도살법까지도 씨여
있기 때문이다. 전에 안해가 빌려 온 책에서는
그만 기르는 법만 읽고 돌려보낸 것이다.

　토끼를 죽이는 법, 목을 졸라 죽이는 법, 심
장을 찔러 피를 뽑아 죽이는 법, 물에 담거 죽
이는 법, 귀를 잡고 어느 다리를 어떻게 잡아다
려 죽이는 법, 동맥을 짤러 죽이는 법, 그리고
귀와 귀 사이의 골을 망치로 서너 번 따리면 오
체를 바르르 떨다가 죽게 하는 법, 이렇게 여섯
가지나 씨여 있었다.

　현은 몬지 낀 책을 도로 제자리에 꽂고 주인
의 눈치를 엿보며 얼른 책사를 나와 집으로 돌

아왔다.

오는 길로, 옷을 갈아입는 길로, 토끼 한 놈을 꺼내었다. 묵직하고, 포근하고, 따뜻하고, 뼈들컹거리고, 눈을 똘망거리고…… 교미기가 지난 놈들이라 새끼 때의 화학물감化學物感 박꽃감은 인전 아니요, 놓기는커녕, 웬만침 서투르게만 붓잡어도 뼈들컹하고 튕겨져 산으로 치달을 것만 같은「짐성」이다.

현은 단단히 앙가슴과 뒷다리를 웅켜쥐고 마루로 왔다. 딸년이 방에서 나오다가 소리를 친다.

「애들아 아버지가 토끼 꺼냈다!」

큰녀석 작은녀석이 마저 뛰여 나온다.

「왜 그류 아버지?」

「병 낫수?」

「마루에 가둬. 우리 가지구 놀게」

「이뻐서 그류 아버지?」

딸년은 제 손에 들엇던 빵 쪽을 토끼의 입에다 갖다 대인다. 토끼는 수염을 쭝긋거리더니

빵 쪽을 물어 떼이려 한다. 현은 잠작고 아까
책사에서 본 여섯 가지 방법을 생각해낸다.

「왜 그류 아버지?」

「가 저리들」

현은 그제야 소리를 꽥 질렀다. 안해가 부엌
에서 나온다. 현은 안해의 해산달이 멀지 않었
음을 깨닫는다. 현은 등솔기에 오싹함을 느끼
며 토끼를 다시 안고 뒷곁으로 왔다. 안해가 따
라오며 그 역, 왜 그리느냐고 뭇는다.

「뭣 허러 아이처럼 따라댕겨?」

안해는 얼른 물러나지 않는다。현은 도로 토끼를 갖다 넣고 만다。암만 생각하여도 그 목을 졸라 쥐고, 뻐들적거리는 것을 이기노라고 가치 힘을 쓰며 뒤여쓰는ᵢ 눈을 나려다보고 숨

흰자위만 드러나게 뜬.

이 끊어지기를 기다리는 노릇, 현은 그 목을 졸라 죽이는 법에 자신이 생기지 못한다。심장이 어드메쯤이라고 그 폭신한 가슴을 더듬어 송곳을 드려 박기는, 남의 주사침 맞는 것도 제대로 보지 못하는 현으로는 더욱 불가능한 일이요, 쥐처럼 돛 속에 든 것도 아닌 것을 물속에 끌어 넣기나, 귀와 다리를 붓잡고 척추가 끊어지도록 잡아 늘쿠는 것이나, 그 어린아이처럼 따스하고 발랑거리는 목에서 동맥을 싹뚝 짤라놓는 것이나, 작고 돌아보는 것을 앞으로 숙여놓고 망치로 뒤통수를 따리는 것이나 어느 것이나 현으로는 생각할수록 소름이 끼치고, 지금 안해의 배 속에 들어 있는, 마치 토끼 형상으로 꼬브리고 있을 태아를 위해 이런 짓은 생각만

114

으로도 죄를 받을 것만 같았다.

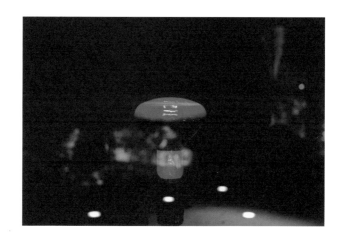

***

짐장철이 지나가자 토끼 멕이는 더욱 귀해
져 사람도 먹기 힘든 두부와 케베지로 대이는
양배추.
데 하로에 일 원 사오십 전씩 나간다. 이렇게
서너 달만 먹인다면 그담에는 토끼 오십 마리
를 한목 판다 하여도 멕이 값밖에는 나올 게
한 번에 모두.
없다. 서너 달 뒤에 가서는 토끼 문제뿐만 아니
다. 토끼 때문에 이럭저럭 사오백 원이 부서졌

고, 짐장하고 장작 두 마차 드리고, 퇴직금 봉
지엔 십 원짜리 서너 장이 남았을 뿐이다.

「어떻게 살 건가?」

어느 잡지사에서 단편 하나 써달란 지가 오
라다. 독촉이 서너 차례나 왔다. 단돈 십 원 버
리라도 버리라기보다, 단편 하나라도 마음 편
히 앉아 구상해보기는 다시 틀렸으니 종이만
펴놓을 수 있으면 어디서고 돌아앉아 쓰는 게
수다. 하로는 있는 장작이라 우선 사랑에 군불
을 뜻뜻이 지피고, 「이놈의 토끼 이야기나 써보
리라」 하고 들어앉아 서두를 찾노라고 망서리
는 때였다.

「여보? 어디 게슈?」

하는 안해의 찾는 소리가 난다. 내다보니 얼
굴이 종이짱처럼 해쓱해진 안해는 두 손이 피
투성이다.

「응!」
「물 좀 떠줘요」
「웬 피유?」

116

안해의 표정을 상실한 얼굴은 억지로 찡기여 우슴을 짓는다. 피투성이 두 손은 부들부들 떤다. 현의 안해는 시칼을 가지고 어떻게 잡았는지, 토끼 가죽을 두 마리나 벳겨놓은 것이다. 현은 머리칼이 쭈뼛 솟았다.

「당신더러 누가 지금 이런 짓 허래우?」

「안 험 어떻거우? 태중은 뭐 지냇수? 어서 손 싯게 물 좀 떠놔요」

하고 안해는 토끼털과 선지피가 엉개인 두 손을 쩍 벌려 내여민다. 현의 머리속엔 불현듯, 죽은 닭의 눈은 신문지로 가려놓고야 썰던 안해의 그전 모습이 지내친다. 콧날이 찌르르 하며 눈이 어두어진다.

피투성이의 쩍 버린 열 손가락, 생각하면 그

것은 실상 자기에게 물을 요구하는 것이 아니였다. 현은 펄석 주저앉을 듯이 먼 산마루를 쳐다보았다. 구름만 허—옇게 떠 있었다.

昭和十六年正月十一日

1941년 1월 11일.

(『문장』, 1941. 2.)

지음 이태준
소설가

1904년 강원도 철원 출생. 1921년 휘문고등보통학교에 입학하였으나, 동맹휴교의 주모자로 지목되어 1924년 제적, 친구의 도움으로 일본으로 가 고학하며 「오몽녀」를 집필, 1925년 등단했다. 1927년 귀국해 1929년 개벽 사에 기자로 입사, 이후 중외일보, 중앙일보로 자리를 옮겼고, 1933년 구인회 활동 시작, 1935년부터는 창작에 전념했다. 1946년 월북해 그곳에서 세상을 떠났다. '소설은 인물의 발견이다'라고 말했다.

사진 박현주
아마추어소설가/아마추어사진가

1989년 부산 출생. 연세대학교에서 국어국문학을 전공. 소설을 쓰고 사진을 찍는다. (인물이 있는 스냅 사진을 즐겨 찍으나 이 책의 사진 작업에서는 인물 사진이 드물었다.) 언어와 이미지가 교차하는 순간을 상상하며, 사진을 찍은 뒤 엽편 소설로 옮기는 작업도 병행하고 있다.